# JUILLET 1830, – JUILLET 1847,

## DIALOGUE.

# JUILLET 1830, - JUILLET 1847,

### DIALOGUE.

JUILLET 1847, *étendu sur un riche divan, il est en robe de chambre et fume dans une très-belle pipe.*

Ce feuillage, meilleur qu'un tabac de régie,
Me procure une aimable et douce léthargie ;
Apportant le repos, le plaisir à mes sens,
Il me fait oublier mes tracas renaissans.
Il faut qu'à Siméon, demain j'en redemande,
Car il en est muni, grâce à la contrebande
Sur laquelle il en fait le profit très légal,
Et cela, j'en suis sûr, pour mon plus grand régal.
Ainsi que son aïeul, et tout comme son père,
Au pouvoir incrusté, c'est un malin compère.
Si j'en crois ce qu'on dit, grand-papa Siméon
Fut au mieux, sous l'empire, avec Napoléon ;
Le fils, loin de garder une sotte rancune,
Des Bourbons restaurés courtisa la fortune,

## 1847.

Et directeur pourvu d'un bel et bon emploi,
Le petit-fils enfin est tout à fait à moi.
Manœuvrant à ravir, la race Siméonne,
Quel que soit le régime avec soin s'y cramponne,
Elle a, parbleu! raison; le plus sage en effet,
C'est de rester fidèle au culte du budget.
Des honneurs, c'est ainsi que l'on atteint le faîte.
—Mais j'y pense, oui vraiment, c'est aujourd'hui ma fête;
C'est aujourd'hui que grace à la marche du temps,
Heureux mauvais sujet, j'attrape dix-sept ans.
Le bruit que va causer pareil anniversaire
M'ennuie horriblement, s'il faut être sincère.
De moi-même, en ce jour, je voudrais être loin,
Je voudrais que le peuple, immobile en son coin,
N'allât point admirer sur tous les édifices
Ces lampions fumeux qui, mêlés d'artifices,
Ne lui font que trop voir, il faut bien l'avouer,
Que par Juillet-Macaire il s'est laissé flouer.
Supprimer cet éclat serait bon j'imagine,
Le puis-je, cependant, sans qu'à mon origine,
Des milliers de bavards, prompts à me harceler
Ne viennent à l'envi soudain me rappeler?...
—Ayant pris du combat les dépouilles opimes,
Permettons une messe en l'honneur des victimes;
Aux indigens donnons des pains, des cervelas;
Suspendons quelques prix au bout d'un échalas;
Qu'aux regards des badauds, dans les Champs-Elysées,
Lorsque viendra le soir, serpentent vingt fusées;
Ajoutons à ceci des joûtes sur cette eau
Où tomba des Trois Jours le programme si beau;
Qu'avec mon agrément, le bon peuple à son aise,
Puisse encore une fois chanter la *Marseillaise*,

Puis enfin que bien sage et soumis à ma loi,
Avant minuit sonné, chacun rentre chez soi,
Et nous continuerons ainsi par chaque année,
Jusqu'à ce que ma fête à l'oubli condamnée,
Cesse, ne brûlant plus de poudre ni d'encens,
D'être avec mon allure un parfait contre-sens.
— Mais qui donc fait ainsi du tapage à ma porte,
Et sans être annoncé s'introduit de la sorte?

JUILLET 1830, (*il est en veste; ses vêtemens sont usés et
déchirés; il éteint son brûle-gueulle en entrant*).

Bonjour, mon cher enfant. Comment te portes-tu?

JUILLET 1847 (*à part.*)

Quel est ce misérable?... Il est bien mal vêtu!

JUILLET 1830.

Pour t'embrasser, mon fils, je me suis mis en route.

JUILLET 1847 (*à part*).

C'est quelqu'aventurier, quelque fripon, sans doute.
Renvoyons au plus tôt cet ignoble importun,
Car *le vol au bonjour* est devenu commun.

JUILLET 1830.

Ah! de te contempler, que j'ai l'ame contente!

JUILLET 1847.

Mais qui donc êtes vous?

JUILLET 1830.

Juillet mil huit cent trente!

Ton père!

JUILLET 1847.

Vous, mon père?

JUILLET 1830.

Et de seize autres fils
Qui, par la faulx du temps , ont été déconfits.
Ils ont suivi leur père, hélas ! dans cette tombe,
D'où sortant pour te voir, il faut que je retombe.

JUILLET 1847.

Seriez-vous, en effet, ce Juillet glorieux,
Cet illustre Juillet, premier de mes aïeux?

JUILLET 1830.

Oui.

JUILLET 1847.

D'une assertion, qui me paraît fort neuve,
Pouvez-vous sur le champ m'administrer la preuve?
Avez-vous des papiers dont la légalité
Témoignent clairement de votre identité?
Montrez-les moi; sinon, de façon peu civile,
Je vous fais empoigner par un sergent de ville.

JUILLET 1830.

O trop ingrat enfant, tu peux douter de moi?

JUILLET 1847.

A vos propos, monsieur , j'ajoute peu de foi.
Ce héros si fameux que vous prétendez être,
Fut, en fait de mensonge, un fort habile maître;
A grands coups de pavés au pouvoir parvenu,
Juillet promit beaucoup , mais il n'a rien tenu.
Au blame le plus dur sa conduite le livre.

JUILLET 1830.

Je n'avais, triomphant, plus que deux jours à vivre.
Ah ! malheur à mes fils , si chacun d'eux trompa

L'espoir qu'au cœur de tous avait mis leur papa.
Ah ! si mon coq gaulois ne devint pas un aigle...

JUILLET 1847.

Finissons. Vos papiers?

JUILLET 1830.

Oui-da, je suis en règle.
Tiens, voici le brevet qu'au guerrier du faubourg
Signa sur un pavé le général Dubourg.
De mon identité la preuve est bien complète..
Vois ce certificat donné par Lafayette;
Ce titre constatant ma décoration,
Cet autre m'allouant enfin la pension,
Présent national qui gonflant peu ma bourse,
De vingt-cinq francs par an m'assurait la ressource.

JUILLET 1847.

Je ne saurais nier, aux preuves que je vois,
Que vous ne soyez bien le Juillet d'autrefois.
Mais, désertant des morts la ténébreuse sphère,
Ici, mal à propos, que revenez-vous faire?

JUILLET 1830.

Parbleu! je viens savoir ce qu'on a fait de neuf,
Depuis mes immortels *vingt-sept, vingt-huit, vingt-neuf;*
Je reviens embrasser tous les vieux camarades
Qu'admirait mon soleil au feu des barricades ;
Je viens pour contempler l'accord et le lien
D'un peuple indépendant et d'un roi citoyen;
D'un peuple qui, soumis aux communs sacrifices,
Exerce largement ses droits dans les comices....

JUILLET 1847.

Agricoles?... mais oui.

### JUILLET 1830.

Non, tu me comprends mal,
Par comice, j'entends collége électoral,
Nommant les députés, et non ce que tu bornes
Au choix d'un étalon ou d'une bête à cornes.

### JUILLET 1847.

Ah! c'est bien différent.

### JUILLET 1830.

Je viens voir les Français,
Publier des journaux sans craindre des procès;
Je viens aussi pour voir des ministres intègres,
Un peuple gros et gras et des budgets bien maigres.
Car selon mon programme ayant-toujours marché,
Le pouvoir, j'en suis sûr, gouverne à bon marché.

### JUILLET 1847.

S'est-il donc, dites-moi, votre fameux programme,
Envolé pardessus les tours de Notre-Dame ?
On l'a cherché partout sans pouvoir le trouver.
On quelqu'escamoteur a su le soulever,
Ou vous l'aurez vous même, encourant un reproche,
Vainqueur par trop distrait, laissé dans votre poche.

### JUILLET 1830.

Oserais-tu, moutard, me manquer de respect?..
Apprends, monsieur mon fils, que ma poche est à sec,
Et que ta main subtile, en sondant ses détresses,
N'y trouverait pas plus de papiers que d'espèces.
Tant il vrai que moi, vainqueur de Polignac,
Je ne puis me donner la douceur d'un cognac.

JUILLET 1847.

Ma bourse est à vous.

JUILLET 1830.

   Soit; mais avant que j'y puise,
Je veux savoir comment ta fortune est acquise.
Tout cet or que je vois, réponds un peu, mon cher;
Comment t'arriva-t-il?

JUILLET 1847.

   Par les chemins de fer.
Spéculateur, suivant la tendance commune,
J'ai fréquenté la Bourse, et j'ai fait ma fortune.
Par messieurs les préfets, très largement repu;
Sans me sentir le moins du monde corrompu,
Electeur, député, moi j'ai, du ministère,
Reçu le juste prix d'un vote salutaire;
Ministre, profitant de ma position,
J'ai fait *chanter* très-haut mainte exploitation;
Avisant tour à tour les mines et les forges,
J'ai, dans les grains aussi, fait assez bien mes orges;
Intendant d'un seigneur très riche usufruitier,
J'ai de plus, au mépris du code forestier,
Pratiqué dans des bois qui donnaient par trop d'ombre;
Le système allemand, surnommé *coupe sombre*,
Et plus d'une *éclaircie* a prouvé clairement
Que l'on pouvait ainsi s'enrichir joliment.
Telle est de mon avoir la source véritable.
Tout ceci, vous voyez, n'a rien que d'honorable,
Et ce qui, cher papa, pour mon cœur est bien doux,
C'est que tant de bonheur m'est venu grace à vous.

2

### JUILLET 1830.

Je dois en convenir ; oui, c'est moi, pauvre père,
Moi, gamin de Paris, moi, soldat populaire,
Qui pour l'honneur des lois, sans y gagner un sou,
Au risque de périr, me battis comme un fou ;
C'est moi, fier insurgé qui, dans mon espérance,
Crus, en sabrant les lis, régénérer la France ;
Oui, c'est moi dont l'erreur a livré mon pays
A ce ramas impur de brocanteurs haïs
Que l'on voit ajouter, experts en tripotage,
Aux gains de l'agio les profits du *chantage.*
Corrompus, corrupteurs, acheteurs et vendus,
Oh oui! c'est bien à moi que vos méfaits sont dus,
A moi qui remuant les pavés et la fange,
En ai fait s'échapper votre ignoble phalange !....

### JUILLET 1847.

De vos brillans exploits parlez donc mieux, papa.

### JUILLET 1830.

Oh non! j'en fais ici plus d'un *meâ culpâ,*
Et je dois, en voyant leur effet délétère,
En demander pardon au Ciel comme à la Terre.
Mais mon programme enfin?...

### JUILLET 1847.

Vous m'avez entendu.
Sans ressource, papa, ce chef d'œuvre est perdu.
Mais, pour y suppléer, on en a fait un autre
Qui, soit dit entre nous, diffère un peu du vôtre.

### JUILLET 1830.

Vraiment?... Battez-vous donc pour de pareils faquins !

JUILLET 1847.

Vos penchans, par malheur, étaient républicains.

JUILLET 1830.

Je n'en disconviens pas.

JUILLET 1847.

Redoutant l'anarchie,
On a donc prudemment refait la monarchie.
Le trône par vos mains mis en piteux état,
Rafistolé bientôt, reconquit son éclat,
Et sur lui vient s'asseoir un prince patriote.
Deux cent dix-neuf élus lui consacrant leur vote,
L'investirent d'un droit, préférable en tout lieu
Au vain titre qu'on tient de la *grace de Dieu;*
Puis le monarque fut (notable différence),
Nommé *roi des Français* et non plus *roi de France.*

JUILLET 1830.

Beau progrès !

JUILLET 1847.

Expulsant la Légitimité,
Nous avons, cependant gardé l'Hérédité.

JUILLET 1830.

A l'égard des aînés tout ce que tu rejettes,
Te paraît excellent pour les branches cadettes?

JUILLET 1847.

Justement.

JUILLET 1830.

C'est fort bien raisonné, sur ma foi !
Mais laissons-là, mon fils, et le trône et le roi.

### JUILLET 1847.

Nous ferons d'autant mieux, cher père, qu'à ma date,
Une telle matière est plus que délicate.
En s'y frottant par trop, on pourrait s'y piquer.

### JUILLET 1830.

Puis-je donc craindre, moi, qu'on ose m'attaquer?
Moi qu'autrefois on vit...

### JUILLET 1847.

Papa, point de sottises.
Si vous ne craignez Dieu, craignez la cour d'assisse.

### JUILLET 1830.

Eh bien! parlons du peuple à mon amour si cher.
Est-il heureux enfin?

### JUILLET 1847.

Non, car le pain est cher.
Le peuple voit manquer, épuisé de ressource,
Le travail à ses bras, et l'argent à sa bourse.
La faillite engendrant opprobres, désespoirs,
Arrête les métiers et ferme les comptoirs;
Mais je n'en fais pas moins, d'une voix triomphante,
Retentir ces deux mots : *Prospérité croissante!*

### JUILLET 1830.

Le peuple ne pouvant mettre la poule au pot,
Dans sa détresse au moins est affranchi d'impôt?

### JUILLET 1847.

Si vous croyez cela, votre erreur est extrême.
Tel est de notre fisc l'ingénieux système,
Que la Patente, habile à se faire payer,
Va frapper de son droit le plus humble atelier.

Du plus petit carreau qui, privé de charnière,
Au pauvre travailleur donne un peu de lumière ;
De l'étroite ouverture éclairant le regard
Du tisseur citadin, du fileur campagnard,
Dans son châssis dormant, la vitre est imposée
Autant que la plus haute et plus large croisée,
Qui, dans le riche hôtel de l'oisif languissant,
Laisse arriver les flots d'un jour resplendissant

JUILLET 1830.

Ce peuple que la loi si lourdement impose,
En fait de droits, au moins, jouit...

JUILLET 1847.

                      De pas grand'chose ;
Car on est parvenu, par des moyens adroits,
A grossir les impôts en restreignant les droits ;
En sorte que le peuple, au gré de nos apôtres,
Payant très bien les uns, n'exerce pas les autres.

JUILLET 1830.

Mais qui donc fait le choix de ses législateurs ?

JUILLET 1847.

Nous avons, pour cela, deux cent mille électeurs,

JUILLET 1830.

Sur trente-cinq millions...

JUILLET 1847.

                   De l'État, tributaire,
Chacun de deux cents francs doit être censitaire ;
Ce chiffre est de rigueur ; le meilleur citoyen,
S'il n'y peut arriver, n'est rien et ne peut rien ;

Dans l'urne électorale on n'admet point son vote,
Dans l'ordre politique il n'est plus qu'un ilote.

JUILLET 1830.

Le traiter de la sorte! et pourquoi, s'il vous plaît?

JUILLET 1847.

Je réponds comme Odry...

JUILLET 1830.

Quoi donc?

JUILLET 1847.

*Il le fallait!*

JUILLET 1830.

Injuste monopole! absurde privilège!

JUILLET 1847.

Ah! vous ne savez pas quel tourment nous assiège!
Voulez-vous donc, monsieur, qu'en nos élections,
Les Français appelés, viennent par millions?
Pour écarter les gens qui nous font la grimace,
Comment endoctriner cette effrayante masse?
Dominer, assouplir ce concours agité
Dont l'émanation est la Majorité,
Qui se montrant à nous contraire ou favorable,
Peut nous faire un destin heureux ou misérable?
Car apprenez-le, hélas! parmi tous ces votans,
Pour quelques *satisfaits*, combien de mécontens!

JUILLET 1830.

Et la presse?

JUILLET 1847.

Elle fait régner sa polémique
Sur la littérature et sur la politique,

Et Bertin s'indignant de la corruption,
N'en est pas moins fidèle à sa subvention.

### JUILLET 1830.

Les journaux délivrés d'une entrave incommode,
Ont pour eux, grace à moi, vu s'adoucir le Code ?
La censure est bien morte?..

### JUILLET 1847.

Oui certe, seulement,
Tout gérant de journal doit, préalablement,
Verser cent mille francs que le fisc lui demande,
Afin de garantir plus d'une lourde amende
A la quelle il pourrait, duement emprisonné,
Par quelqu'arrêt fatal être un jour condamné.

### JUILLET 1830.

Sublime invention !

### JUILLET 1847.

Dans l'une et l'autre chambre,
Nous avons fait passer le code de septembre.

### JUILLET 1830.

Ah bah !

### JUILLET 1847.

Quelque journal, dans sa témérité,
Manque-t-il aux égards dus à l'autorité,
Le parquet aussitôt le saisit, le dénonce,
De part et d'autre on plaide et le juri prononce.

### JUILLET 1830.

Et les juris sont tous...

JUILLET 1847.

Libres, probes, parfaits;
La preuve, c'est qu'ils sont choisis par les préfets.

JUILLET 1830.

J'apprends-là, sur ma foi! d'étonnantes merveilles,
Et ne sais si je dois en croire mes oreilles.
Qu'a de commun, pendard! avec la liberté,
Ton luxe de rigueurs et de fiscalité,
Ton cautionnement, ta prison, ton amende?
Bien obligé, mon cher, de la liberté grande!
Elle est belle! elle est fraîche! et de tous mes exploits,
Me voilà bien payé, vraiment!

JUILLET 1847.

De sages lois
Du pouvoir, quel qu'il soit, protégeant l'existence,
Doivent, dans ses écarts, réprimer la licence.
Des bornes il en faut, monsieur, pour contenir
Les esprits trop ardens qui prompts à s'affranchir
De tout frein...

JUILLET 1830.

En dépit de ce que tu me cornes,
J'aime encor cent fois mieux mes pavés que tes bornes.

JUILLET 1847.

Libre à vous. Cependant...

JUILLET 1830.

Parlons d'un autre objet;
Et, pour me consoler, arrivons au budget.
Vous l'avez allégé notablement sans doute,
En dix-sept ans de paix?.. réponds-moi donc?.. j'écoute.

JUILLET 1847.

Sur ce point, cher papa, vous vous trompez aussi,
Loin de diminuer, le budget a grossi
Considérablement.

JUILLET 1830.

Cela n'est pas possible !

JUILLET 1847.

Si fait, il s'est accru de façon très sensible.

JUILLET 1830.

Déjà pyramidal en ses proportions,
De mon temps, il montait à neuf cent millions.

JUILLET 1847.

En ce temps là, mon père, une aussi faible somme
N'en faisait qu'un enfant; maintenant c'est un homme;
Je pourrais dire même un géant.

JUILLET 1830.

Mais encor,
Vers quel énorme chiffre a-t-il pris son essor?

JUILLET 1847.

Seize cent millions sont la somme prescrite,
Dont annuellement la France le crédite.
Avec cela pourtant....

JUILLET 1830.

De colère je bous !

JUILLET 1847.

Il ne peut, comme on dit, joindre encor les deux bouts,
Il lui faut des renforts dits extraordinaires,

Et de plus des crédits supp-et-complémentaires ;
Puis encor, n'étant pas aidé suffisamment ;
Il prélève des fonds sur l'amortissement,
Emet des bons royaux, et, pour gonfler sa bourse,
A plus d'un gros emprunt demande une ressource,
Qui, lorsque son débet incessamment grossit,
Creuse indéfiniment le gouffre-déficit.

### JUILLET 1830.

Ce qui doit vous mener, je n'en fais aucun doute,
A ce beau résultat qu'on nomme banqueroute.
Système politique, ordre financier,
Vont, par ma foi ! de pair, on ne peut le nier.
Toutefois, il me reste un espoir, et je pense
Que ces monceaux d'écus dont on fait la dépense,
Vis-à-vis de l'Europe ont placé dignement
Le beau pays de France et son gouvernement ;
Ont enfin établi, j'en suis certain d'avance,
Sur le sol et les mers, notre prépondérance.

### JUILLET 1847.

Vous vous trompez encore. Humbles dans nos façons,
Nous nous laissons mener en vrais petits garçons ;
N'osant jamais agir, et soigneux de nous taire,
Pour arbitre absolu, nous avons l'Angleterre ;
Nous laissons, réprimant en nous un noble élan,
Egorger par les Turcs les Chrétiens du Liban ;
De Monte-Video, c'est envain que nos frères
Implorent des secours, inutiles prières !
Contre monsieur Rosas, ménageant nos boulets,
Nous réglons notre pas sur celui de l'Anglais ;
Et s'il veut que le chef de la horde argentine
Triomphe des Français qu'à la mort il destine,

Il nous faudra subir cette exécution
Par amour et surtout par respect d'Albion.
Aux bords de la Gambie, en Egypte, en Belgique,
Nous devons nous soumettre au lion britannique,
Dont le rugissement empêcha notre coq
De se percher vainqueur sur les forts du Maroc ;
Par ici d'un Jackson la créance est admise ;
Par là c'est un Pritchard que la France indemnise ;
Enfin vous le dirai-je ?.. au sein de cet Alger,
Que sous nos lois dumoins la gloire a su ranger ;
Sur la terre africaine où l'arabe en alarmes,
Se soumet, se prosterne à l'apect de nos armes,
Un diplomate anglais, ce fait n'est que trop sûr
Se passe insolemment de notre *exequatur !*

JUILLET 1830.

Et votre cabinet supporte cet opprobre ?

JUILLET 1847.

N'en soyez pas surpris, c'est le *Vingt-neuf octobre.*

JUILLLET 1830.

On m'a dit cependant que du seigneur John Bull,
Méprisant les avis et trompant le calcul,
Vous aviez récemment fait merveille en Espagne ?

JUILLET 1847.

Oui, nous avons là fait une belle campagne !
Après avoir glissé sous l'ombre d'un manteau
L'or auquel se vendit le traître Maroto,
Méprisant de Bulwer l'air maussade et féroce,
En dépit des Anglais, nous avons fait la nôce ;
Oui vraiment, un beau jour monsieur de Montpensier
Poussa jusqu'à Madrid et vint s'y marier.

Mais depuis que l'Espagne au beau sexe est soumise,
Ses intendans royaux ont très peu de franchise :
Trente-cinq millions devaient être , au bas mot ,
Le chiffre séduisant d'une superbe dot ;
La somme était fort belle et valait bien la peine
Qu'on laissât Albion bouder une quinzaine.
Mais, las ! ces millions si tentateurs, si beaux
Bien loin d'être des francs, n'étaient que des réaux ,
Dont chacun n'exprimant qu'une valeur minime,
Ne vaut que vingt-cinq fois un malheureux centime.
Quelle déception! on en fut indigné !
Mais la messe était dite et le contrat signé.
Il fallut revenir vers l'alliance anglaise ,
Et d'y rentrer bien vite on fut certes fort aise ;
John Bull vengé de nous abjura sa raideur ,
Et Guizot put danser chez son ambassadeur.

JUILLET 1830.

Vraiment, ce fut heureux. Mais , dans la Péninsule ,
Vous étant marié , votre influence est...

JUILLET 1847.

Nulle.

Notre bon allié , notre excellent voisin ,
Sur l'Espagne, après nous, a remis le grappin.
Sans nous, et malgré nous , il y règne, y commande ;
Et, pour plus de profit, y fait la contrebande.
Isabelle, abjurant ses goûts capricieux ,
Ne jure que par lui, ne voit que par ses yeux,
Stérile majesté, grace à François d'Assise,
Elle empêchera bien que sur le trône assise,
Ferdinande à son rang daignant l'associer,
Transforme en *roi-consort* un duc de Montpensier ,

Qui peut dire, en dépit de tous les hyménées :
Plus que jamais, hélas ! *il est des Pyrénées.*

### JUILLET 1830.

A conjurer la guerre étant si diligent,
Cher ami, dis-moi donc où passe ton argent ?
Acceptant avec joie une noble besogne,
Aurais-tu bravement affranchi la Pologne ?

### JUILLET 1847.

Non. Afin d'éviter un périlleux hazard,
Nous avons, prudemment, su ménager le Czar,
Dont, si malgré nos vœux, la tendresse nous manque,
Les roubles, récemment, ont sauvé notre Banque.
Il fallut donc laisser expirer sans écho
Le douloureux appel des fils de Kosciusko,
Qui certes maudissant une lâche apathie,
Peuvent du moins compter sur notre sympathie.

### JUILLET 1830.

Alors sur d'autres points dirigeant leurs efforts,
Nos guerriers de l'Adige ont donc revu les bords,
Et délivrant du joug la race italienne,
Ont brisé pour jamais la schlague autrichienne ?

### JUILLET 1847.

Et pourquoi, le troublant dans plus d'un pachalick,
Irions-nous tracasser monsieur de Metternich ?
Vous papa, vous Juillet, que sa rigueur irrite,
Avez été par lui *reconnu* tout de suite ?
Loin de les accueillir par un air soucieux,
N'a-t-il pas salué vos trois jours glorieux ?

Délaissé Charles dix, et par des ambassades,
Honoré largement l'exploit des barricades?
Parlons à cœur ouvert : croyez-vous qu'aujourd'hui
Notre Juste-Milieu soit bien meilleur que lui ?
Nous sommes par nos lois, nos penchans, nos pratiques,
Plus libéraux que lui, mais non moins despotiques ;
Je vaux bien Metternich, vous dira Duchâtel,
Car s'il a le Spielberg, j'ai le Mont-Saint-Michel.

### JUILLET 1830.

Oui, de ces deux messieurs la tendance est commune.
Mais encore une fois, où donc va ta fortune ?
Comment arrive-t-il que constamment en paix,
Tu dépenses, mon fils, autant que tu le fais ?
J'en suis scandalisé !

### JUILLET 1847.

                    Si vous daignez m'entendre,
Facilement, papa, vous pourrez me comprendre.
Sachez donc qu'un pouvoir constitutionnel
Plus qu'un autre a besoin d'un nombreux personnel,
Lequel, depuis les chefs jusques aux pédicures,
Doit être abondamment flanqué de sinécures,
C'est-à-dire d'emplois dont un heureux bétail
Dévore les produits sans faire aucun travail.
Cette masse compose une aristocratie,
Servant d'auxiliaire à la bureaucratie,
Dont à notre puissance étant subordonnés,
Les membres sont pour nous des conservateurs-nés.
Si l'un d'eux nous trahit, sans agir de main-morte,
Sans pitié, sans égards, on le flanque à la porte.
Nous nous trouvons fort bien de ces moyens prudens.

JUILLET 1830.

Pas de commis alors qui soient indépendans ?

JUILLET 1847.

Si fait, ils le sont tous ; chacun d'eux, dans la lice,
Peut voter contre nous, si tel est son caprice ;
Mais son vote exprimé pour l'opposition,
Est aussitôt puni de destitution.
A sa guise il agit, nous à notre manière,
Et chacun, de la sorte, est libre dans sa sphère.

JUILLET 1830.

Ces commis dont il faut payer les fonctions,
Ne peuvent absorber seize cent millions ?

JUILLET 1847.

J'en conviens ; néanmoins, dans les dix-sept années
Que déjà nous comptons depuis vos trois journées,
Des emplois appointés par le gouvernement,
Le nombre s'est accru considérablement.
Pour prêter au pouvoir un secours très utile,
Nous en avons créé plus de quarante mille.

JUILLET 1830.

Avec un tel concours, j'offre de parier
Qu'on peut administrer l'Univers tout entier.
Ces essaims d'employés qui mangent et qui boivent,
Dévorent aisément le budget qu'ils perçoivent.
C'est clair.

JUILLET 1847.

       Ce n'est pas tout. Des barbares du Nord,
Craignant avec raison quelque nouvel effort ;
Contre l'agression de ces hideux cosaques,
Dont la France eut jadis à souffrir les attaques ;

Afin de préserver la Révolution
Des chances de la guerre et d'une invasion,
Nous avons de Vauban, empruntant les modèles
Fait prudemment bâtir de fortes citadelles,
Une enceinte admirable et de beaux bastions.

### JUILLET 1830.

De bon cœur j'applaudis à ces précautions.
Afin d'intimider des hordes meurtrières,
Vous avez fort bien fait de garnir vos frontières
De formidables murs dont l'imposant aspect
A l'étranger sournois commandent le respect,
Et puissent arrêter sa marche belliqueuse,
S'il s'avançait un jour sur le Rhin, vers la Meuse...

### JUILLET 1847.

Pardonnez, cher papa, vous m'avez mal compris.
Nous avons seulement fortifié... Paris.

### JUILLET 1830.

Tu plaisantes !.. Paris est il fortifiable ?...

### JUILLET 1847.

Mais oui. Bien plus, il est inconstant, variable ;
Telles gens, tel régime, objets de son amour,
Peuvent, vous le savez, lui déplaire à leur tour.
Le pouvoir dont sa main construisit l'édifice
Doit être garanti d'un dégoût, d'un caprice :
De là, se combinant et très bien retranchés
Cette enceinte superbe et ces forts détachés,
Magnifique travail bien digne qu'on le loue,
Qui protège Paris...

JUILLET 1830.

En le couchant en joue.

JUILLET 1847.

Or, nos entrepreneurs, qui ne font rien pour rien,
Ont exigé beaucoup pour ce travail.

JUILLET 1830.

Combien ?..

JUILLET 1847.

Je n'ose l'avouer, car la pudeur m'arrête.
Cela nous a coûté...

JUILLET 1830.

Dis.

JUILLET 1847.

Les yeux de la tête !..

JUILLET 1830.

Les yeux de la tête?..

JUILLET 1847.

Oui.

JUILLET 1830.

Ceci, très clairement,
M'explique le secret de votre aveuglement.

JUILLET 1847.

Maintenant, ajoutez aux dépenses énormes
De ces constructions à gigantesques formes,
Ce qu'il nous faut payer pour des chemins de fer
Dont le matériel coûte horriblement cher ;

4

Puis, faites large part à plus d'un tripotage,
Et de notre budget vous connaîtrez l'usage.

JUILLET 1830.

Mon enfant, tes récits m'ont fort édifié,
Mais je n'en veux pas plus, car ils me font pitié.
Prêt à m'en retourner, je dois, en conscience,
Te dire nettement ce que de toi je pense.
Loin d'avoir imité mon élan chaleureux,
Tu n'es qu'un gaspilleur, un menteur, un peureux.
Après mon équipée à coup-sûr glorieuse,
Je vous laissai la France ardente, valeureuse,
Libre, forte, puissante, ayant l'orgueil au front,
Et ne supportant pas qu'on lui fît un affront.
Charles dix, au moment où grondait ma tempête,
Pour un coup d'éventail faisait une conquête,
Et marchant à son but, sans craindre l'étranger,
Répondait aux Anglais en bombardant Alger.
Et vous, qu'avez-vous fait? que faites-vous encore?
La France, sous vos mains, languit, se déshonore,
Et de sa dignité se souciant fort peu,
Immole sans pudeur tout à.... son pot au feu.
La folle vanité, le honteux égoïsme,
Etouffent dans son cœur vertu, patriotisme,
Sous le joug le plus vil, courbant la Nation,
La reine de l'époque est la Corruption
Dont on voit chaque jour les sordides préceptes
Conquérir en tous rangs cette foule d'adeptes
Qui, répondant aux vœux d'un système couard,
Bornent au seul veau d'or leur cupide regard,
Et mettant sous leurs-pieds morale, honneur, justice,
N'ont qu'une passion, qu'un Dieu : le Bénéfice!

JUILLET 1847.

Est-ce donc là le prix de ma confession?

JUILLET 1830.

Tu n'en mérites qu'un : ma malédiction.
Adieu; je pars, je vais vider quelques rasades
Avec mes vieux amis, mes anciens camarades,
Les héros des Trois Jours, ceux que j'ai tant aimés.

JUILLET 1847.

Vous n'en trouverez guère; ils sont fort clair-semés ;
Beaucoup sont morts ; plusieurs affrontant l'anathème,
Se sont, par l'estomac, ralliés au système ;
Quelques-uns sont partis, et d'autres, turbulens,
Ont, pour bonnes raisons, été mis à Doullens.

JUILLET 1830.

C'est-à-dire en prison?

JUILLET 1847.

Hélas! oui.

JUILLET 1830.

Belle chûte !
Prix flatteur et touchant d'une héroïque lutte.
Je puis dire : *Habeo confitentem reum*,
Après tous tes aveux.

JUILLET 1847.

Venez au *Te Deum*
Qu'on va chanter pour vous.

JUILLET 1830.

Que le diable t'emporte !

JUILLET 1847.

Laissez-moi vous conduire au moins jusqu'à la porte.

JUILLET 1830.

Ne te déranges pas, magnifique sultan,
Reste dans ton salon, couché sur ton divan.
Moi, je vais, de ce pas, me reposer à l'aise,
Et pour long-temps.

JUILLET 1847.

Où donc?

JUILLET 1830.

Chez *le Père Lachaise.*

22 *Septembre* 1847.

AMIENS, IMP. DE E. YVERT.

www.ingramcontent.com/pod-product-compliance
Lightning Source LLC
Chambersburg PA
CBHW061616180626
46818CB00005B/2095